Manualidades para días lluviosos

¿Qué puedo hacer con arcilla?

Kaylee Gilmore
traducido por Eida de la Vega

ilustrado por
Anita Morra

New York

Published in 2019 by The Rosen Publishing Group, Inc.
29 East 21st Street, New York, NY 10010

First Edition

Translator: Eida de la Vega
Editorial Director: Nathalie Beullens-Maoui
Editor: Rossana Zúñiga
Art Director: Michael Flynn
Book Design: Raúl Rodriguez
Illustrator: Anita Morra

Cataloging-in-Publication Data

Names: Gilmore, Kaylee.
Title: ¿Qué puedo hacer con arcilla? / Kaylee Gilmore.
Description: New York : PowerKids Press, 2019. | Series: Manualidades para días lluviosos | Includes index.
Identifiers: LCCN ISBN 9781538332610 (pbk.) | ISBN 9781538332603 (library bound) |
ISBN 9781538332627 (6 pack)
Subjects: LCSH: Modeling–Juvenile fiction. | Handicraft–Juvenile fiction.
Classification: LCC PZ7.G556 Wh 2019 | DDC [E]–dc23

Manufactured in the United States of America

CPSIA Compliance Information: Batch #CS18PK. For further information contact Rosen Publishing, New York, New York at 1-800-237-9932

Contenido

Hoy vamos al zoológico.
¡Tengo muchas ganas
de ver las serpientes!

5

¡Ay, no! Empezó a llover.

No podemos ir al zoológico
bajo la lluvia.

Y ahora,
¿qué haremos?

—¡Vamos a hacer animales de arcilla!
—dice mamá.

—Primero, tenemos que ablandar
la arcilla de colores —dice mamá.

Y nos enseña a calentarla.

Mamá y yo hacemos serpientes.

Mi arcilla azul
se vuelve larga
y delgada.

13

Hago una tortuga
con arcilla verde.
Le doy vueltas
a una bola y la
aplano por un lado.

Le hago patas a mi tortuga.

¡El caparazón es
muy pesado! Las patas
no lo van a sostener.

¡Mamá tiene
una idea!

Usamos pajitas para que las patas
de la tortuga sean más fuertes.

19

También hacemos
otros animales.

Mamá también hace ¡un elefante
de arcilla!

—Mira a los animales que hemos hecho. —¡Hicimos nuestro propio zoológico!

Palabras que debes aprender

(el) elefante

(el) caparazón

(las) pajitas

Índice

24